D1619166

K.Yuki

Die Schatten der Finsternis

story.one – Life is a story

1st edition 2024

Production, design and conception:
story.one publishing - www.story.one
A brand of Storylution GmbH

Font set from Minion Pro, Lato and Merriweather.

Lektorat und Liebe von Larissa Möhlenbrock *Herz* Stets ratgebende Worte von meiner kleinen Schwester *Döni*

ISBN: 978-3-7115-0949-9

INHALT

Die neckenden Worte

Als der Morgen anbrach, packten wir unseren Kram zusammen. Ive löschte die Glut des Feuers, welches uns gestern in unserer ersten Nacht wärmte, nachdem wir der Gefangenschaft entkommen waren. Mie drückte mir noch einen Kuss auf die Stirn, dann brachen wir auf. Der König hatte garantiert schon Wächter und Monster entsandt, um uns aufzugreifen und wegen Verrates zum Tode zu verurteilen. Er hatte seine zwei besten Wächterinnen und zwei seiner Lehrkräfte verloren.

Wir waren entkommen. Wir waren nun endlich frei. Ich wusste, es würde nicht für immer so bleiben und vermutlich bald schon würden wir auf neue Hindernisse stoßen. Aber für diesen Moment war es perfekt, da musste ich Mie vollkommen recht geben. Und so genoss ich den Weg, den wir gingen. So liefen wir mal über Sand, mal über Steine, mal über feuchtes Herbstlaub und mal auf frischem Gras, aber immer draußen in der Freiheit. Im Traum hätte ich mir nicht ausmalen können, jemals wieder durch die Natur laufen zu dürfen. Die kühle Morgenbrise genießend, marschierten wir mal zügig, um über eine Lichtung zu kommen und mal schlenderten wir im Schatten des Dickichts durch den Wald. Wir redeten, kicherten und flohen gemeinsam in Richtung Süden, in Richtung Freiheit. Erstmal so weit wie möglich weg von der Obrigkeit. Und es war perfekt so wie es war.

Ive uns Mie unterhielten sich angeregt über die Monster, Crissy und ich liefen schweigend nebeneinander hinter den beiden her. Plötzlich legt Crissy ihren Arm über meine Schulter und grinst mich an. "Was ist?", fragte ich sie lächelnd. "Also Mie, ja?", sie knuffte mir spielerisch in die Seite. Sogleich schoss mir die Röte um die Nase und ich stammelte: "Ähm, ja?" Ich schubste sie lachend von mir weg. "Das ist eh alles deine Schuld, du hättest ja auch wen anders zu mir schicken können ...", grinsend lief ich weiter, wurde jedoch ein bisschen langsamer damit Crissy mich wieder einholen konnte. "..., aber ich bin froh, dass du Mie geschickt hast. Sie ist ...", während ich nach einem guten Wort suchte, welches Mie gut beschrieb, neckte mich Crissy leise: "Sexy, unwiderstehlich und zum Anbeißen?"

Vollkommen ertappt, sah ich nun vermutlich einer Tomate gleich: "Hey! Das ..., das ..., nimm das zurück, das hab ich nicht sagen wollen!" Crissy grinst: "Ne aber gedacht hast du es, ich hab deine Gedanken bis hier gehört." Auf Crissy's lachen aufmerksam geworden, blieben Ive und Mie stehen. "Was ist denn bei euch beiden los?", fragt Ive amüsiert. Bevor Crissy irgendetwas erwidern konnte, sagte ich schnell: "Nichts, kommt wir sollten bevor es dunkel wird ein Unterschlupf finden." "Ah ja, und warum grinst du dann gerade wie ein Honigkuchenpferd?", hackt Mie nach. "Wir sprachen gerade nur darüber wie unbeschreiblich unwiderstehlich, zum Anbeißen und sexy, Nikita dich findet", setzt Crissy ihr entgegen. "Ich habe dich wirklich vermisst, aber nicht dein großes Mundwerk", sprach ich abwehrend mit erhobenen Händen an Crissy gerichtet. Mie trat auf mich zu: "Naja so rot wie du gerade bist, sagt das schon einiges zu deiner Meinung über Crissy's Worte aus Nikita." Sie nahm mein Gesicht in ihre Hände und küsste mich. Ja ok, ich empfand so, aber das hätte ich doch niemals zugegeben. Ihre Lippen waren so warm und weich ... Warum nur, war sie so selbstbewusst?

Die Urkraft der Runen

Wir hatten unser Nachtlager unter den dichten Ästen einer Buche aufgeschlagen. Um uns herum stand üppiges Dickicht. So waren wir erst einmal geschützt vor dem mittlerweile sehr stürmischem Wetter, welches von Osten aufkam. Mie zeichnete um uns herum einige Runen, immer wenn eine Rune fertig war tauchte darüber kurzzeitig ein kleiner hellblau leuchtender Wirbel auf. "Was machst du da?", fragte Ive ganz unbeholfen. Crissy legte einen Arm um ihre kleine Schwester. "Sie beschützt uns. Sie ist gut in sowas. 'Die' hab ich auch von ihr", sie deutet auf die tätowierten Runen welche ihr Gesicht zierten. Crissy genoss sichtlich die Zeit mit Ive, schließlich hatten sie sich Jahrelang nicht gesehen. Als der Schutzkreis vollendet war, gesellte sich Mie zu uns. "Crissy, vielleicht hast du es auch bemerkt, mich beschleicht der Verdacht, dass uns etwas oder jemand gefolgt ist." Nachdenklich schaute Mie zu den Runen. "Aber nun sind wir vorerst sicher." Beunruhigt lenkte ich auf ein anderes Thema. "Woher weißt du soviel über Runen?", ich war auch neugierig und wir hatten ja schließlich Zeit.

Mie atmete tief ein und rückte ein wenig näher zu mir. Sie legte ihre Hand auf meine: "Das ist eine lange Geschichte. Dafür muss ich wirklich ganz von vorne beginnen..." Sie schien zu hadern, denn sie schloss die Augen und atmete langsam und ruhig. Schließlich öffnete sie ihre Augen und lächelte mich sanft an. "Gut, gut. Ich stamme aus einer Familie von Hexern, die den Runen mächtig waren. Ihre Geschichte reichte lange zurück und über Generationen hinweg haben sie unser Dorf von der Obrigkeit abgeschirmt. Meine Mutter verschwand nach meiner Geburt spurlos und so wuchs ich nur bei meinem Vater und meinem älteren Bruder auf. Mein Vater verkraftete den Verlust über meine Mutter nicht und er verfiel dem trinken. Mein Bruder und ich waren schon immer auf uns gestellt. Als ich fünf wurde, fand ich gefallen an dem Handwerk der Runen die mein Bruder stets bei der Jagd verwendete. So brachte er mir alles bei, was er von meinem Vater gelernt hatte, bevor meine Mutter verschwand. Da sein Wissen aber auch nur begrenzt war, stöberten wir Abends bei Kerzenlicht auf dem Boden unserer bescheidenen kleinen Holzhütte, in alten verstaubten Bücherhaufen. Wir lasen viel, und ich versuchte mich mit der Zeit an immer komplexeren Runen. Ich hatte einige Misserfolge, schließlich waren wir ja nur Kinder und lernten nur aus Büchern." Sie grinste und fuhr fort. "So hatte ich einmal, am Vorabend, über eine ganz besondere Rune gelesen und probierte diese aus. Doch die Urkräfte, die bei jeder Rune mitwirken waren bei dieser so Machtvoll, dass sie mühelos den ganzen Baum sprengten. Die Dorfbewohner waren in heller Aufregung und versorgten uns für eine Woche mit Lebensmitteln, da sie dachten, wir wären angegriffen worden."

Ive runzelte die Stirn. "Ihr habt sie echt in dem Glauben gelassen, ihr wärt angegriffen worden? Ist das nicht voll fies, dass ihr sie so reingelegt' habt?" Crissy erinnerte ihre kleine Schwester: "Ive, wir haben damals Zuhause auch alles dafür getan, um an essen zu kommen."

Schweigen überkam unsere Runde.

Das wütend gewordene Rinnsal

Die Nacht war windig und klamm, doch der Tag war stürmisch und nass. Ein tiefes Grau hing in der Luft als das Licht wieder erwachte. Vollkommen durchnässt und wenig bis kaum geschlafen, trotteten nun hintereinander her. Meine Gedanken schweiften zwischen der Zeit als Gefangene der Obrigkeit und dem Leben davor hin und her. Nur langsam kamen wir voran. Das Wetter drückte die Stimmung enorm und unser letztes Gespräch kam erschwerend hinzu. Die Füße versanken, bei jedem Schritt, 3 Finger tief im Schlamm und der Himmel sah nicht so aus, als würde es so bald nicht wieder aufhören.

Liefen wir über offene Lichtungen, peitschten uns die kalten Regentropfen ins Gesicht. Liefen wir durch den Wald, sammelte sich der Regen in den Baumkronen und fiel schwer auf uns hinunter. Es war zum Verzweifeln. Der Monsun formte hier aus einem einst vermutlich harmlosen Rinnsal einen reißenden Fluss, der sich seinen Weg durch die Bäume und Sträucher bahnte. Ratlos sahen wir uns an und beschritten unseren Weg in die Freiheit, neben dem wütend gewordenem Rinnsal, weiter.

Wir erreichten gerade eine seichte Stelle, die das Überqueren möglich gemacht hätte, als Ive in einer, von der Feuchtigkeit schwarz glänzenden Felswand, eine kleine Höhle entdeckte und ganz aufgeregt quiekte. "Hey Leute, schaut mal hier.", sie deutete in die Richtung des dunklen Lochs in der Felswand. Ein Lichtblick an diesem verregneten Tag. Mie reichte mir ihre warme Hand und half mir in die Höhle zu klettern. "Danke." Sie drückte mir einen Kuss auf die Stirn und wollte in Richtung des Waldes laufen. "Hey!...", Panik machte sich in mir breit, "...wohin gehst du?" "Ganz ruhig Prinzessin, ich hole nur Holz, um uns mit einem Feuer trocken zu können." Erleichternd ausatmend rief ich: "Warte, 'die Prinzessin' kommt mit!"

Knöcheltief und Hand in Hand, wateten wir durch die seichte Stelle des wütenden Rinnsals. Das Wasser war eiskalt, es sog sich an meiner Hose hoch bis zu den Knien. "Brr ...", überkam es mich. Mie sah mich fragend an: "Was ist los?" Ich sah zu meinen Füßen hinunter: "Kalt ..."

Bevor ich noch etwas sagen konnte, hatte Mie mich hochgehoben und trug mich an die andere Seite des Flusses. Dort angekommen setzt sie mich ab und wir liefen eilig weiter. Der Regen wurde immer schlimmer. "Du brauchst dringend Schuhe Prinzessin." Verlegen murmelte ich: "Ja, ... aber es würde schon besseres Wetter reichen" Nach einer Weile stellt Mie grinsend fest: "Hey Prinzessin. Das ist das erste Mal, seit dem wir geflohen sind, dass wir Zweisamkeit haben." Sie blieb stehen, dreht sich zu mir um und sah mir tief in die Augen. Nervös versuchte ich einen festen Stand in dem matschigen Boden zu finden. Warum macht sie mich immer noch so ultra nervös? Plötzlich den halt verlierend, kneife ich die Augen zu und mache ich mich bereit im Matsch zu landen. Doch nichts passierte. Nichts außer Mie's Händen an meiner Hüfte. Langsam öffne ich die Augen. Ihr Gesicht war meinem ganz nah. Lächelnd kam sie näher. "Vorsichtig, Prinzessin." Bevor ihre warmen Lippen meine berühren konnten, stockte sie. Mit einer Bewegung drehte sie mich gegen den Baum und legt ihre Hand über meinen Mund. Erschrocken riss ich die Augen auf. "Nikita da sind Fußspuren. Und die sind nicht von uns."

Die Gefahr durch einen alten Bekannten

Mein Blick wanderte dem ihrem hinterher. Tatsächlich da waren Fußspuren. Ihre Hand sank: "Die sind von anderen Wächtern. Sieh das Muster." Sie trat neben dem Fußabdruck. Die Muster waren gleich. Nur ihres war ein paar Fingerbreiten größer. "Wir sollten hier verschwinden." Sie packte mich am Handgelenk und zog mich hinter sich her. An der Höhle angekommen stellten wir fest: Ive und Crissy waren Weg. "Mie, was machen wir jetzt?" Ein ungutes Gefühl machte sich in mir breit. "Schau da", mit dem Finger deutete sie auf den Boden. "Fußspuren, aber nur von den beiden. Vielleicht sammeln sie auch Holz. Komm, wir suchen sie und hauen dann von hier ab."

Vielleicht hätten wir einfach bei der Obrigkeit bleiben sollen. Zweifel überkamen mich. Dort wären wir sicher gewesen, hätten Essen, Wärme und Kleidung gehabt. War die Freiheit soviel Unsicherheit wert? Wir alle spürten die Gefahr. Ich wäre gerne so wie die drei. Woher nahmen sie all den Mut?

Wir waren einige Minuten lang den Spuren gefolgt, als ich ein Geräusch hörte. "Crissy, Ive?" Mie dreht sich abrupt zu mir, als würde sie mich fragen wollen ... Hast du sie noch alle? In Windeseile flog ihre Hand auf den Boden in den Matsch und eine hellblau leuchtende Halbkugel, eine Schutzbarriere, wuchs mit ihr als Mittelpunkt aus ihr heraus. "Du kannst doch nicht einfach hier so herumschreien, wenn hier Wächter herumlaufen." -"Da hat sie recht." Die Stimme kam mir bekannt vor. Hinter einem Busch löste sich eine Gestalt aus dem Schatten der Bäume. Ein junger Wächter trat hervor, sein fieses Grinsen wurde immer größer, je näher er uns kam: "Ich hätte nicht damit gerechnet gleich zwei von euch zu finden." "Jael?", ich erkannte ihn. Als wir bei der Obrigkeit gelandet waren, war er der erste Wächter, mit dem wir in Kontakt gekommen waren. Er verriet uns eiskalt und händigte uns den anderen Wächtern aus. Diesmal wird er nicht unsere Pläne durchkreuzen. Mit einem sarkastischen Unterton erwiderte er: "Oh sie erinnert sich an mich, welch eine Ehre." Seine Stimme ließ meine Haare zu Berge stehen. Er erinnerte mich an den Tag, als Ive verschleppt worden ist. Eine beklemmende

Erinnerung. Mit einem Stock berührte er tastend die Schutzbarriere. Gleich mit der Berührung entflammte dieser in einem stechendem Rot. Beeindruckt hob er seine Braue: "Hm nicht schlecht. Du bist Mie, oder? Sie haben mich vor dir gewarnt, aber sie verrieten mir auch wie ich sowas wie dich aus deinem...", er deutete auf die Barriere und sah sie von oben bis unten an: "...'Ding' da heraushole." Verwirrt sah ich in ihre Richtung: "Was meint er mit 'sowas wie dich'." Jael lachte gehässig auf: "Ach sieh an, das Paradies bröckelt. Du hast ihr nicht erzählt, was du..." Mie schnitt ihm das Wort ab: "Wag es dich nicht. Schweig, du Narr. Du solltest lieber in dein wohlbehütetes Nest der Obrigkeit laufen." Ein hämisches Grinsen breitet sich über sein Gesicht aus: "Ich bin Kopfgeldjäger im Auftrag der Obrigkeit. Ich gehe nirgends hin. Wenn ich meine Beute übergeben habe, bin ich ein reicher Mann und setz mich zur Ruhe." Ich schüttelte den Kopf. "Lass uns gehen, wir sind keine Beute. Du weißt selbst, wie schlimm die Obrigkeit ist. Schließe dich uns an, dann können wir gemeinsam fliehen." Ich gab mein Bestes mit Verstand an die Sache heranzugehen. Doch es brachte rein gar nichts.

Die Sand-Speere

"Oh doch, ihr seid Beute. Und gerade auf dich...", er deutete auf Mie und fing an mehrere große Steine einzusammeln, "..., ist am meisten Kopfgeld ausgesetzt. Vielleicht bringe ich dein Anhängsel einfach um und nehmen nur dich mit." Mie schnaubte.

Jael warf grinsend einen Stein gegen die Barriere. Nickte dann triumphierend, als der Stein zu einer rot glühenden zähen Masse wurde und an dieser herunterlief. Mit dem gehässigen Blick eines Wahnsinnigen warf er die Steine so schnell auf der Barriere, dass die geschmolzene Masse ein Loch hineinfraß. Mie schien Schwierigkeiten zu haben unseren Schutz aufrecht zu erhalten. "Wie kann ich helfen?" Den Blick weiterhin auf Jael gerichtet, erwiderte sie: "Knie dich hin und beweg dich nicht, egal was passiert." Ohne nachzudenken, tat ich genau das. Sogleich färbte sich die Barriere von einem Hellblau, zu einem stechendem Rot und eine angenehme Wärme umgab uns. Mie's Gesicht wurde bleicher, um ihre Augen herum wurde es dunkler, kleine schwarze Äderchen malten sich unter ihrer Haut ab. Dann traten langsam, leicht schwarz rauchende kleine Hörner, aus ihrem Kopf heraus.

"Du hast dich mit den Falschen angelegt. Jael~." Ihre Stimme klang nicht mehr wie sonst, mehr wie ein dunkles Donnergrollen. Die Schutzbarriere wurde kleiner um im nächsten Moment zu detonieren. Durch die Schockwelle wurde Jael von uns weg geschleudert und schlitterte einige Meter durch den Schlamm. Langsam, aber sehr bestimmt, hob Mie ihre Hand und drehte die Innenfläche in seine Richtung. Schwarzer Sand erhob sich dabei aus dem Boden und formte armlange hauchdünne schwarze Speere, die bedrohlich neben Mie her schwebten während sie in Jaels Richtung ging. Das alles geschah mit einer Eleganz, die mir eine Gänsehaut bescherte. In dem Moment, als Mie ihren Fuß auf die Brust von Jael stellte und die Sandspeere sich mit der Spitze in Richtung seines Kopfes bewegten, hätte ich schwören können meinen Atem vor Kälte zu sehen. "Deine Finger werden Nikita oder die anderen niemals berühren, du wirst niemals reich werden oder auch nur ein Fuß von hier weg bewegen. Du hast dein Schicksal selbst besiegelt!" Ihre Stimme bebte vor Wut.

Langsam breitete sich ein unbehagliches Gefühl in meiner Magengrube aus. Es wurde nicht besser, als die Speere aus Sand Jael's Kopf durchbohrten. Ich wendete mich schnell ab. "Er wird keinem mehr etwas antun." Der liebliche klang ihrer Stimme war zurückgekehrt. Mie zog ihm die Schuhe, die Hose und die Jacke aus. Schweigend reicht sie mir die Sachen. Doch als ich sie nicht entgegen nahm, blickte sie mich fragend an. Ihr Gesicht war wieder ganz normal. Kein Schwarz, keine schwarzen Äderchen, keine Hörner. Einfach Mie.

"Was ist?", fragte sie, als wäre das, was gerade passiert war, völlig normal. "Du..., ich meine..., ich...", nach einer kurzen Pause sammelte ich mich. "Bist du ein Dämon?" Ein paar vereinzelte Tränen rannen über mein Gesicht. Mie lächelte wieder so leicht, wie sie auch gelächelt hat als wir uns kennengelernt haben. "Es ist ok. Du bist bei mir sicher. Niemand wird dir je wieder etwas antun. Alles andere erkläre ich später. Jetzt zieh das an, bevor du dir noch den Pips holst."

Das Gefühl der Sonne nach dem Monsun

Sprachlos von dem geschehenen zog ich schließlich die Sachen von Jael an, welche erstaunlich gut passten. Mich betrachtend, kam sie auf mich zu und legte ihre Arme um mich. Einen Moment lang sahen wir uns tief und die Augen, dann strich sie die letzte kalte Träne von meiner Wange und drückte einen sanften Kuss auf meine Stirn. Da war es wieder. Dieses warme Gefühl, welches sich in mir ausbreitete, sobald sie mich berührt. Es war mir egal, was auch immer das eben gewesen ist. Die Hauptsache war, dass sie bei mir war. Hand in Hand, ich fühlte mich gewärmt und sicher, setzten wir unsere Suche nach Ive und Crissy fort. Die Sonne brach mittlerweile durch das dunkle Grau hindurch und ihre Strahlen spiegelten sich auf dem nassen Laub und den schwarzen Felswänden wider.

Bald fanden wir Crissy und Ive in einer etwas größeren Höhle. "Ah ihr habt uns gefunden, ich wollte gleich zurück, um euch zu holen. Wir haben halbwegs trockenes Holz gefunden, prima um Feuer zu machen." Ive lächelte zufrieden, doch als sie uns genauer betrachtete, wisch dem Lächeln ein besorgter Ausdruck.

"Was ist euch denn passiert, und wo kommen die Sachen her?", fragte Crissy mit einem erstaunten Blick auf die Wächterkleidung. Sie entzündete schnell ein kleines Feuer und wir versammelten uns um die wohltuende Wärme. Die frisch züngelnden Flammen ließen das Holz leise knacken. Mie erzählte was passiert war, ließ jedoch den Teil aus, in welchem sie sich verwandelt hatte und schwarzen Sand kontrollieren konnte. "Hast du da nicht eine Kleinigkeit vergessen zu erwähnen?", ich sah niemanden an und malte mit dem Finger kleine Kreise auf den sandigen Höhlenboden.

Ive war wieder aufgetaut: "Genau, woher stammt jetzt die Wächteruniform?" "Ich habe nichts vergessen... Ich überlege nur wie ich den Rest erzählen soll.", entgegnete Mie knapp. "Es tut mir leid." Sie blickte erst mich an, dann sah in unsere kleine Runde und fuhr fort: "Ich hätte von Anfang an aufrichtig zu euch allen sein müssen." In ihren Augen funkelte aufrichtige Reue.

Und so begann sie bei dem flackerndem Licht der Flammen ihre Geschichte zu erzählen. "In meiner Kindheit, hatte ich schon das Gefühl anders zu sein als alle anderen. Doch erst, als ich nach dem Tod meines Bruders von Zuhause weglief, geriet ich an jemanden, der mir Antworten gab. Einen Mann..., einen...", sie blickte unsicher in die Flammen, "...Dämon, der seine Gestalt wandeln konnte. Dieser Dämon hieß Marak. Er war als menschlicher Obsthändler getarnt und lebte bescheiden unter den Menschen. Als ich einen Apfel stehlen wollte, ertappte er mich und zog mich in eine unbelebte Gasse. Ich war mir sicher, irgendwie würde ich ihm entkommen. Aber ich war nicht gefasst, auf das was dann kam. Er verwandelte sich vor meinen Augen in einen riesigen Dämon mit scharf gebogenen Hörnern, seine Haut war von einem tiefen, dunklen Ton. Die Pranken waren monströs und er schien die gesamte Dunkelheit zu verkörpern. Ich erstarrte vor Angst. Ich wusste von der Existenz der Dämonen, doch ich hatte nie zuvor einen gesehen."

Der 'freundliche' Dämon

Mie warf kurz ein wenig Holz ins Feuer, um dann fortzufahren: "Marak nahm mir mit seiner Macht mein Angstgefühl und erklärte mir alles. Das eins meiner Elternteile nach der Geburt verschwand und sich somit als Dämon verraten hat, ich deshalb eine Halbdämonin sei und somit auch in der Lage war, die Seele des Königs zu überbringen um seine Schuld zu begleichen. Denn der König hatte vor Jahrzehnten einen Pakt mit dem Herrscher der Anderswelt geschlossen und von ihm Monster als Schutz vor der aufkommenden Rebellionen seines Volkes gefordert." Sie sah wohl die Ungläubigkeit in den Augen von Ive und Crissy, denn sie sog nun scharf, aber langsam die Luft ein. "Ich zeig' es euch, bitte habt keine Angst, wir kämpfen auf der gleichen Seite und ich bin immer noch die Mie, die ihr kennenlerntet, egal was ihr gleich seht."

Mie schloss konzentriert ihre Augen und allmählich traten erneut die kleinen rauchenden Hörner aus ihrem Kopf heraus, auch die schwarzen Äderchen erschienen erneut und um ihre Augen wurde es dunkel. Als sie diese wieder öffnete, waren sie fast komplett schwarz. Ive rutschte erschrocken hinter Crissy, welche verdattert fragte: "Warum hast du nie etwas gesagt?" Schweigen durchflutete die Höhle mit einer unglaublichen Kälte, die zunahm als Mie mit leiser aber sehr dunkler und erdiger Stimme weitersprach. "Ich wusste nicht, wie ich es euch beibringen soll, ohne euer Vertrauen zu verlieren. Die Obrigkeit lehrte mich Gefühlslosigkeit. Damals nach der ersten Begegnung mit Marak lehrte er mich meine dämonischen Kräfte zu benutzen. Er schickte er mich zum König, um oberste Wächterin des Königs zu werden und somit nah an ihn heranzukommen um seine Seele einzufordern. Doch als ich während der Wächterausbildung von dir,", sie richtete das Wort an Crissy, "der stärksten Wächterin der Geschichte hörte, wusste ich: Unser Plan war in Gefahr. Ich sollte mithilfe meiner dämonischen Kräfte den Posten der obersten Wächterin einnehmen, doch würde ich zu viel davon verwenden müssen, würde es auffallen. Ich versuchte also herauszufinden, wie stark du warst und was ich tun müsste, um besser zu sein als du. Doch mir wurde schnell klar, dass ich nicht ohne meine Kräfte an dich heranreichen würde." Sie sah Crissy tief in die Augen.

Ive kroch wieder hinter Crissy hervor, als Mie wieder ihre normale Gestalt annahm. "Der Pakt, welchen der König mit dem Herrscher der Anderswelt geschlossen hatte besagt, dass die Monster ihn eine Königsperiode Schutz bieten und er dafür seine Seele opfert. Eine Königsperiode dauert bis er stirbt oder ein vollständiges Leben lebte, welches hier in der Gegend bei ungefähr 80 Jahren endet. Wisst ihr wie alt der König jetzt ist?" Ratlos sah ich zu Crissy, aber auch sie zuckte nur mit den Schultern: "Ich weiß nicht so genau, aber ich denke, er ist schon ziemlich alt. Habe ihn nie gesehen." Schnaubend fuhr Mie fort: "Ziemlich alt. Ja das trifft es gut... Aus diesem Grund begannen die Entführungen der jungen Mädchen ursprünglich. Er suchte jemanden, doch als er sie fand, fuhr er einfach mit den Entführungen fort damit niemand verdacht schöpfte. Denn der König brauchte die Enkelin Hakate'tes, die auch die Göttin der Magie genannt wird. Sie ist außerdem die Wächterin der Tore zwischen den Welten."

Ein Geheimnis und die frühere Gier

"Die besagte Tochter der Tochter, Kura ihr Name, verhalf dem König zu nun mehr als 130 Jahren Lebenszeit. Wir nahmen an, das passiert jedoch gegen ihren Willen. Doch alle Versuche, des Königs Seele einzuholen, scheiterten kläglich. Als Halbdämon gab es laut Marak einen letzten Weg an die Seele heranzukommen. Doch schaffe ich das nicht alleine. Mit euch als Verbündete könnte es gelingen, wirklich seit langer Zeit echte Freiheit zu erlangen. Dafür benötigen wir aber auch ein wenig Hilfe von anderen Dämonen. Ich weiß, ich war nicht ehrlich zu euch über meine Vergangenheit, und das was ich wirklich bin. Aber auch wenn ihr mich jetzt hassen solltet, werde ich euch drei immer mit meinem Leben beschützen. Denn euch gehört mein Herz. Und wenn Dämonen ihr Herz verschenken, verlassen sie den oder diejenigen auch nie wieder. Ihr seid wie eine Familie, die ich nie wirklich hatte. Und du...", sie sah mir tief in die Augen "..., bist mehr als ich mir jemals hätte erträumen können. Ich wurde ausgebildet Gefühlslos zu agieren, doch du machst es mir seit Sekunde eins unmöglich. Ich liebe dich Nikita."

Wärme erfüllte die Höhle. Nun lächelten auch Ive und Crissy wieder. "Irgendwo kann ich verstehen, warum du nichts gesagt hast. Das alles ist echt kompliziert, aber ich denke, ich verzeihe dir. Doch solltest du dich nicht wagen Nikita irgendwie zu verletzen. Sie ist wie eine Schwester für mich." Die Flammen spiegelten sich bedrohlich in Crissy's Augen. "Danke,", das leichte lächeln malte sich wieder in Mie's Gesicht. "das hatte ich nicht vor."

In den nächsten Tagen, begaben wir uns auf die Suche nach Dämonen, die bereit waren uns helfen. Als wir nach einem mühsamen Aufstieg, an einer lichten Stelle ankamen, genossen wir den Blick in die Ferne. Alles schien so friedlich. Wir beobachteten eine Weile die Tiere, welche unten im geschützten Tal von einem Fluss tranken. Doch wir alle spürten dennoch ein ungutes Gefühl, was auch blieb als wir keine Spur von Wächtern oder Monstern ausmachen konnten.

Wie aus dem Nichts fragte Ive plötzlich: "Was ist das da am Horizont?" Ich ließ meinen Blick schweifen um zu sehen, was sie wohl meinte, doch entdeckte ich erst nach einigen Momenten die alten grauen Gebäude welche sogar die Baumkronen überragten. Mie sah uns diesmal ungläubig an. "Habt ihr so etwas noch nie gesehen? Das nannte man Hochhäuser. Die alte Bevölkerung, lange vor der Zeit des Königs, war so groß, dass sie in die Höhe bauen mussten um allen ein Dach bieten zu können." "Wir sind nur unsere Holzhütten von Zuhause gewöhnt und halt die Stadt der Obrigkeit. Man hat uns als Kind nur schreckliche Geschichten über die alte Bevölkerung erzählt. Über die selbstsüchtige Zerstörung der Natur und der Gier nach Talern, und der Bestechung damit. Diejenigen, welche viel hatten bekamen immer mehr, und denjenigen, die wenig hatten, blieb am Ende nichts mehr. Es muss wirklich schrecklich gewesen sein, ich kann mir das gar nicht vorstellen." Nachdenklich musterte ich die seltsamen Gebäude weiter.

Der kleine schielende Dämon

"Lasst uns das doch mal erkunden." Crissy klang sehr neugierig auf die alte Welt. Doch Mie runzelte seltsam besorgt die Stirn: "Nein das ist viel zu gefährlich. Die Natur holt sich die riesigen Betonklötze zurück. Da ist alles unendlich überwuchert, zum Teil eingestürzt. Nein das ist wirklich zu gefährlich." Damit war es entschieden, und so zogen wir weiter, liefen ins Tal hinab. Mit nackten Füßen durch den Fluss, die Schuhe über die Schulter geworfen, sahen wir einige kleine aufgeregte Fischchen. Sie erinnerten mich an Zuhause und zauberten in mir ein kleines wohliges Gefühl, welches jedoch schnell verschwand. Ich vermisste unser Zuhause, ich vermisste meinen Vater. Würden wir wohl jemals zurückkehren können? Ich sog die Luft der Natur tief ein. Auf der anderen Seite des Flusses angekommen, wollten wir uns gerade wieder im hohen Gras die Schuhe anziehen, als- "Vorsich ...", doch das war zu langsam von Mie. "Aaaah Shit, verdammt", Crissy zog ein schmerzerfülltes Gesicht und umklammerte ihr Bein. Ive eilte zu ihr: "Was hast du da?" An

Crissy's Knöchel war die Haut wie abgeschält. Tränen rannen über ihr Gesicht. "Es brennt, es brennt wie die Hölle." Ich bückte mich und schöpfte soviel Wasser in meine Hände wie ich konnte, um es über Crissy's Knöchel zu gießen. Doch als nur ein paar Tropfen die verletzte Stelle benetzt, doch Crissy schrie sofort: "Stopp, stopp, das macht es nur schlimmer!" Verwirrt sah ich sie an, Wasser half doch sonst bei allem. Woher kam die Verletzung an ihrem Fußgelenk?

Mie handelte schnell, sie hielt meine Hände mit einer Hand fest und mit der anderen malte sie eine Rune in das Wasser. "Jetzt kannst du." Ängstlich, Crissy wieder Schmerzen zuzufügen, ließ ich das Wasser über ihren Knöchel laufen. Doch diesmal schien es ihr zu helfen und die Wunde begann zu heilen. Währenddessen hatte sich Mie einige Schritte von uns entfernt und kam nun zurück. "Hier, das war der kleine Übeltäter", sie hielt etwas vor sich, dass ein wenig einem Igel mit zu wenig Stacheln aber dafür viel zu vielen Zähnen ähnelte. Ive runzelt die Stirn: "Was ist das denn?" "Ein Baby-Dämon.", sagte Mie, als wäre es das normalste der Welt. Wir alle starrten auf dieses kleine schwarze Ding.

Aahschu, eine kleine Flamme tauchte über seinem tropfnassen Köpfchen auf und die großen runden Augen versuchten diese Flamme zu fixieren. Es sah aus als würde der kleine Dämon schielen, ein Grinsen machte sich breit. "Ist das süß", stellt Ive mit einer etwas zu hohen Stimme fest. "Das ist absolut gar nicht süß! Es hat meine Haut am Knöchel abgeschabt mit seinen widerlich kleinen Zähnen." Crissy klang hingegen alles andere als begeistert, eher als würde sie das kleine Biest am liebsten umbringen.

"Bedanke dich beim König Crissy. Die Höllenmonster kamen damals durch ein Portal. Doch scherte er sich nicht darum, das Portal wieder zu schließen." Wir standen da, im hohen Gras, ein bisschen ungläubig. Ive brach mit großen Augen die Stille: "Warte, das heißt irgendwo da draußen ist ein Portal zur Anderswelt und es ist seit JAHREN offen?!" "Jap. So kam auch meine Mutter nach hier und mischte sich unter die Menschen. Und ich denke, viele andere Dämonen taten es ihr gleich. Wenn wir das Portal finden, muss ich es schließen."

Das Verhängnis der falschen Rune

Verwirrt fragte ich: "Können alle Dämonen sich in Menschen verwandeln und unter uns leben?" "Nein, es gibt viele unterschiedliche Dämonen. Ich kenne selber nicht alle Arten." "Leute..." Crissy unterbrach die Unterhaltung: "Ich will ja nicht stören, aber können wir jetzt mal dieses 'Ding' da loswerden und weiter gehen? Weil hier...", sie breitete die Arme aus und drehte sich einmal halb um die eigene Achse"...können wir wohl schlecht schlafen."

Sie hatte recht. Die Tage wurden allmählich kürzer. Der Winter kündigte sich mit kalten, fast frostartigen Nächten an. Wir brauchten einen geschützteren Ort, als hier mitten auf einer Freifläche im Tal. Langsam wurde es auch Zeit, ein längerfristiges Versteck zu finden, um Vorräte für die kalten Monate lagern zu können. Damals, vor der Gefangenschaft, sind wir zu dieser Jahreszeit immer mit zwei oder drei Familien in ein Haus gezogen. So konnten wir Holz sparen und kamen generell besser über den Winter.

Wir liefen den Berg hinauf, in den dichteren Wald hinein. Auf dem Weg, sammelten wir alles Mögliche, was nur irgendwie brennbar aussah. Ungefähr bei der Hälfte des Aufstiegs trafen wir auf eine baumhohe Schlucht aus Schiefer. Um diese im Rücken als natürlichen Schutz zu nutzen, suchten wir nach einer größeren Baumgruppe in der Nähe. Als wir eine fanden, ging das übliche Prozedere der Nachtlagervorbereitungen los. Jeder hatte seine Aufgabe: Mie malte Runen in den matschigen Boden um uns herum. Und wir versuchten Feuer zu entzünden. Doch diesmal wollte Ive wohl auch einige Runen zeichnen. Crissy und ich bekamen davon jedoch nichts mit, bis Mie plötzlich laut: "*Duratus*!" rief. Eine faustgroße Lichtkugel traf Ive, die augenblicklich wie eingefroren schien. Sie war vollkommen in ihrer Bewegung erstarrt und schien nicht einmal mehr zu atmen. "Hey, was machst du da? Bist du von allen guten Geistern verlassen?! Mach das sofort rückgängig!" Ich hielt Crissy fest, bevor sie sich auf Mie stürzen konnte. Diese ging bereits zu Ive und strich mit dem Fuß, die Rune die Ive eben noch gezeichnet hatte, weg. "Keine Panik, deiner Schwester passiert nichts. Der Zustand dauert nur ein paar Sekunden an." Während sie die Worte sprach, begann Ive auch schon wieder zu atmen und bewegte sich langsam. "Wuäh, was war das denn?", Ive schüttelte sich kurz. "Das fühlte sich an, als würde ich von innen gefrieren. Voll ekelig."

"Tut mir leid, es ging nicht anders. Hättest du die Rune vollendet, wären wir vermutlich alle in die Luft geflogen. Du kannst nicht einfach so Runen kombinieren, wenn du nicht weißt, was sie bedeuten..." Mie legt eine Hand auf Ive's Schulter, um sich zu vergewissern, dass alles in Ordnung war. Doch im selben Moment, konnte ich Crissy nicht mehr halten und sie stürzte sich auf Mie. Im hohen Bogen flog diese über einen Busch, doch bevor Crissy sich über sie stellen konnte, hatte Mie eine Schutzbarriere errichtet. "Beruhig' dich, was ist denn nur los mit dir?", ich gab mein bestes Crissy erneut festzuhalten, doch das war lange nicht genug. Sie schleuderte auch mich auf Seite. "Wie kannst du es wagen einfach meine Schwester zu freezen?! Ich mach' dich fertig! Lass deine dämliche Schutzbarriere fallen!" Crissy war vollkommen außer sich.

Die Herkulesstaude

Ich kannte ihre Wutanfälle von früher vor der Gefangenschaft, doch das hatte ich noch nicht erlebt. Sie hob einen dicken Ast hoch, der aufgrund der Feuchtigkeit sehr schwer sein musste, und schlug ihn mehrmals gegen die Barriere, als wäre es ein kleiner Zweig. Sie musste wirklich mächtig sauer sein. Mie hingegen hatte sich mittlerweile wieder hingestellt und sah ziemlich entspannt dabei aus. "Crissy...", versuchte nun auch Mie sie mit einem freundlichen Ton zu beruhigen. Doch das machte es nur noch schlimmer. "Halt deinen Mund! Komm raus da, ich mach' dich fertig!" Ive sah sich derweil suchend um, fand schließlich eine seltsam aussehende Pflanze und riss sie samt Wurzelwerk aus dem Boden. Während Crissy immer noch schrie wie nichts Gutes, schlich Ive sich mit der Pflanze in der Hand von hinten an ihre Schwester heran. Sie hob den grünen Stängel, mit den gezackten Blättern, beidhändig über den Kopf. Ein paar Sekunden der Unsicherheit, doch dann ließ sie den langen Stängel schräg gegen Crissy's Hals sausen. Gespannt hielt ich die Luft an. Crissy sank in sich zusammen und rieb schließlich mit der Hand über die Stelle am Hals. Mie grinste Ive an: "Ich wusste, du würdest es bemerken. Gut gemacht." Verwirrt schaute ich zwischen den beiden Hin und Her. "Könnte mir mal jemand erklären was hier gerade los war?" Ive ergriff das Wort: "Ja. Ich kann's erklären: Während meiner Zeit in Gefangenschaft der Obrigkeit war ich Lehrerin. Ich unterrichtete die Geschichte der Monster. Ein kleines Unterthema waren Sagen und Mythen rund um die Kreaturen aus der Anderswelt. Eine dieser Mythen besagte, dass wenn ein Höllenmonster Babys bekommt, dessen Bisse giftig sind und sich etwas im Gehirn der Betroffenen verändert. Das Gift aus der Herkulesstaude soll aber wie ein Gegengift wirken." Mit den letzten Worten ihres Satzes ließ sie die Pflanze auf den Boden fallen und ging zu Crissy um dieser aufzuhelfen. "Es war nicht deine Schuld, ich hätte es früher merken müssen. Tut mir leid. Ich dachte eigentlich die Rune von Mie im Wasser, hätte gereicht." "Also..., also war ich nur dermaßen sauer, weil mich dieses kleine Ding heute Morgen vergiftet hat...". Immer noch sehr benommen, ließ sie sich vor unserem liebevoll aufgetürmtem Holzhaufen nieder, und starrte diesen an.

Je später es wurde, nahm der Wind bedeutender zu, und mit ihm kam auch die Kälte, die sich mehr durch unsere Klamotten fraß. Nachdem wir das Feuer entzündet hatten, unterhielten wir uns noch ein wenig über die Hochhäuser, bevor wir uns hinlegten um uns für den morgigen Tag zu regenerieren. Die Flammen warfen gespenstische Schatten in den Wald hinein und aus diesem kam eine unheimliche Stille. Ich lag in Mie's Armen. Den Kopf auf ihrer Brust spürte ich ihren heißen Atem. Vorsichtig öffnete ich meine Augen und verlor mich sofort in ihren. "Ich liebe dich..., auch wenn du eine Dämonin bist." Sie lächelte: "Ich werde dich für immer beschützen." Es war ein Moment voller Leidenschaft und Zärtlichkeit. Unsere Lippen berührten sich sanft, während die Welt um sie herum verschwamm. Es war ein Kuss, der tiefe Gefühle und Verbindung ausdrückte. Plötzlich knackte etwas im Gebüsch. Die Nacht hüllte die Welt in ein undurchdringliches Dunkel und doch konnte ich am Rande der Finsternis etwas erkennen. Oder war es doch eher jemand? Ich schärfte all meine Sinne und erkannte schließlich mehr, doch wie war das möglich?

Die Tücke des Portals

"Papa?", fragte ich ungläubig in den fast Pechschwarzen Wald. Wie konnte das sein? Er wurde doch vor unseren Augen von einem Monster gefressen... Crissy und Ive lagen regungslos um das Feuer herum und schienen tief zu schlafen. Mie hingen war hellwach. Der Anblick meines Vaters ließ mir das Blut in den Adern gefrieren. Er fixierte mich mit einem durchdringenden Blick und ein düsteres Lächeln erschien auf seinem Gesicht. "Nikita", flüsterte er mit einer Stimme, die wie ein Echo aus der Vergangenheit klang. "Das alles hier muss sehr verwirrend für dich sein, aber ich kann das erklären."

Ich konnte kaum glauben, was hier gerade geschah. Jahre des Schmerzes und der Ungewissheit wurden in diesem Moment von einer Welle der Verwirrung überrollt. Ich wagte es nicht, dem Mann zu vertrauen, aber ein Funken Hoffnung glomm in mir auf. Ive und Crissy wurden wach, als er näher kam und wir uns unterhielten. Der Mann, bei dem ich noch immer nicht

100-Prozentig der Überzeugung war, dass er mein Vater sein sollte, beantwortet all unsere Fragen. Doch unser Schweigen, zwischen den Gesprächen, hatte geheimnisvolle Schwingungen. Während die ersten warmen Sonnenstrahlen, durch die Baumkronen fielen, stellte Ive eine sehr entscheidende Frage: "Haben unsere Eltern auch überlebt?" Der Mann sah sie verheißungsvoll an: "Kommt mit, ich muss euch etwas zeigen." Wir brachen auf, in Richtung Gipfel ohne zu Wissen, was kommen sollte.

Oben angekommen, blickten wir auf ein Tal, welches von Bäumen umringt war, die ihre Äste wie knorrige Finger in den Himmel zu recken schienen. Doch im Tal, versteckt zwischen dem dichten Wald, konnte man ein unnatürlich großes, rundes Steingebilde entdecken. "...das Portal!" Mie stockte der Atem. Vor dem Portal lag eine Stadt aus kleinen Stroh bedeckten Holzhütten. "Ganz genau. Wer von den Monstern zu Unrecht gefressen wurde, kam hinter dem Portal unversehrt wieder heraus." Nach einer kurzen Pause ergänzte mein Vater: "So auch eure Eltern." Die Augen meiner beiden besten Freunde leuchteten im Angesicht der wiedergeborenen Hoffnung auf. Meine Zweifel, gegenüber des Mannes hatten sich mittlerweile auch vollends aufgelöst. Mit Schwung schlang ich meine Arme um meinen Vater und er drückte meinen Kopf auf seine Brust. Es war eine Art Gefühl wie Zuhause. Mie unterbrach den glückseligen Moment: "Ihr wohnt direkt hinter dem Portal, habt ihr keine Angst, dass die Dämonen kommen und von euch Besitz ergreifen oder so?" Sie hatte vollkommen recht, es schien sehr gefährlich. Ich ließ meinen Vater los. Doch dieser beruhigte uns schnell: "Nein, hinter dem Portal scheint Art Schutzkreis zu sein. Kein dämonisches Wesen kommt hinein. Dort seid ihr sicher. Sicherer als sonst wo. Als wir nach Jahren herausfanden, wie wir mithilfe von langen Vorbereitungen hinaus konnten, begaben wir uns auf die Suche nach anderen Menschen und teilten uns auf."

"Das heißt es kommt niemand ohne weiteres heraus?", Ive schien ängstlich, als wäre ihre Hoffnung abermals geplatzt." Na ja, ja schon, aber nur unter großen Schmerzen. Es ist als würde man durch eine Feuerwand laufen. Also im Prinzip sind alle Menschen dort gefangen." Jetzt erst bemerkte ich die kleinen Verbrennungen auf seiner Haut.

Kluge Köpfe vs. Halbdämonin

Mit ihrem emotionslosen Gesichtsausdruck verkündete Mie: "Ich werde es beenden. Ich werde das Portal entweder unter meine Kontrolle bringen, oder, falls das nicht klappt, zerstören." Papa schnaubte verächtlich: "Das ist hoffnungslos Kind. Alle klugen Köpfe unserer kleinen Holzstadt hatten jahrelang schlaflose Nächte, um eine Lösung zu finden. Für Menschen ist es unmöglich das Portal zu zerstören. Geschweige denn zu kontrollieren." Mie drehte sich auf dem Absatz herum und begann den Abstieg: "Tzz, ich bin ja auch kein Mensch." Mein Vater wurde kreidebleich: "Bitte was?"

"Keine Sorge, sie ist harmlos. Na ja zu den Guten zumindest." Crissy grinste ihn an und streckte ihm ihre Hand entgegen: "Na komm. Wir retten jetzt eure Holzstadt." Und so stiegen wir den großen Berg auf der anderen Seite wieder hinab, über beschwerliches Gelände und rutschige Schieferhänge. Ive und Crissy liefen mit Mie vor, während ich bei meinem Vater blieb. "Ihr seit also mit einer Halbdämonin unterwegs...", er klang besorgt aber auch ein wenig sauer. Nachdem er mir über einen kleinen Felsvorsprung geholfen hatte, antwortete ich: "Ja sind wir und wir haben schon einiges gemeinsam durchgestanden." Immer noch skeptisch sah er mich an. "In welcher Beziehung stehst du zu ihr?", er ließ mich nicht seinem prüfendem Blick entkommen. "Ich weiß nicht so genau, aber wir lieben uns." Ich hoffte inständig, dass er nichts dagegen haben würde. Stattdessen aber, sagte er nichts und schwieg den restlichen Abstieg über. Das machte mir ein wenig Angst, doch ich wagte es nicht, ihn nochmal darauf anzusprechen. Nun standen wir vor dem silbrig schimmernden Schutzkreis des Dorfes. Mie trat heran und berührte ihn prüfend mit ihrer Handfläche. "Das hat jemand meines gleichen getan, ich spüre die dämonischen Kräfte. Allerdings war dieser jemand mächtiger, also vermutlich ein vollwertiger Dämon." Sie drehte sich zu uns: "Ich kann euch sicher darein bringen, dann bringe ich Runen rund um den Schutzkreis an. So könnte kein vollwertiger Dämon hinein, aber ihr könntet ohne meine Hilfe sicher und schmerzfrei hinaus. Anschließend bringe ich die Portalmoleküle unter meine Kontrolle. Danach werde ich den Schutzkreis abkoppeln, da er momentan von der Energie des Portals zehrt."

"Woher weißt du das alles und was, wenn es nicht klappt?" Die Augen meines Vaters zuckten kurz seitlich, er wirkte irritiert und verängstigt. Mie sah mit einem kühlen Blick in die düsteren Wälder. Es schien als würde sie darüber nachdenken, wie sie uns die Risiken am schonendsten beibrachte. Ich ging zu ihr und nahm ihre Hand: "Ist schon ok, du bist nicht alleine." Crissy macht einen Schritt auf Mie zu. "Du bist größenwahnsinnig geworden Mie... Bis jetzt hat es niemand geschafft das Portal zu zerstören. Nun kommst du und denkst, dass du das einfach mal eben so alleine kontrollieren kannst...? Wir helfen dir!" Als Mie dem etwas entgegnen wollte, fügte Ive mit neuem Selbstvertrauen hinzu: "Das ist nicht verhandelbar!"

"Also gut. 2 Teams. Ihr drei", mit einer Handbewegung deutete sie auf Crissy, Ive und meinen Vater, "und wir beide." Papa runzelte die Stirn, ihm schien der Plan gar nicht zu gefallen.

Erschreckende Wahrheit

Mie wirkte entspannter und fuhr fort: "Ich werde euch gleich die Runen zeigen, welche ihr rings um den Schutzkreis verteilt. Aber vorher bringe ich euch die Worte bei, die ihr währenddessen sagen müsst. Sprecht mir nach:" Sie sah mir tief in die Augen, ihr Blick lag dunkel in ihrem Gesicht. Irgendetwas stimmte doch nicht. Sie begann mit den Worten. "*In nomine lucis et purae potestatis*", wir sprachen ihr nach, ich machte mir noch Gedanken wie ich mir das komplizierte Zeug merken soll. Papa verschluckte sich. "Tut mir leid, die alte Sprache lag mir noch nie." Seine Äußerung wunderte mich ein wenig, denn eigentlich war er Fan von alten Sachen. "*Pello te, daemon noctis. Hoc dicto et super...*", weiter kamen wir nicht, denn mein Vater bekam kaum noch Luft. Ich wollte zu ihm, um ihm auf den Rücken zu klopfen- das hat er früher immer bei mir gemacht wenn ich mich mal wieder verschluckt hatte. Doch Mie hielt ihren Arm vor mich und verwehrte mir den Zutritt zu ihm. Auch die anderen beiden wies sie an, von ihm wegzubleiben während sie alleine energischer weitersprach: "*...naturali potentia; mittam te in tenebras...*" Papa flehte sie nun an: "Stopp, lass das!" Es war mehr nur noch ein Flüstern, dass über seine Lippen kam. Er lief schon blau an. Ich versuchte mich an Mie vorbeizudrängen, doch nun hinderten mich auch Crissy und Ive. "*...sine gladio et sine Gloria!*" Währenddessen hatte sie eine Schutzbarriere über uns errichtet.

Ich traute meinem Verstand nicht, als sich mein Vater vor mir in eine große dichte schwarze Rauchwolke verwandelte. Mir entwich ein spitzer Schrei. Der Rauch verzog sich schemenhaft. Zuerst sah man große behaarte Füße, hinter denen mein bewusstloser Vater lag. Dann kamen an einer sehr hohen Stelle breite Hörner zum Vorschein. Schließlich malte sich hinter dem lichter werdendem Rauch ein finsteres, dunkles Dämonengesicht ab, welches vor Zorn zu brodeln schien. Ein Schauer überwanderte meinen ganzen Körper, als er mit einer sehr tiefen, düsteren Stimme sprach: "Du wagst dich in dunkle Territorien, Halbblut." Sein verächtliches Schnauben ließ den restlichen Rauch weichen und machte den Blick vollends auf das Grauen frei. "Nun macht euch bereit, von der Finsternis verschlungen zu werden."

Er trieb uns unbehelligt, vor sich her. An der Holzstadt vorbei, in Richtung des Portals. Es hatte sich verändert und schien nun einen schwarz-orange pulsierenden Sog zu haben, welches alles Gute des Seins absorbierte und aus der puren Bosheit der Finsternis zu bestehen schien. Auf unserem Weg dämmerte es mir langsam: Mie muss die Anzeichen erkannt haben, dass der Mann nicht der war, für den er sich ausgab. Vielleicht war ihr Plan sogar gewesen, dass der Dämon uns 'sicher' zum Portal geleitete. Denn gegen all diese finsteren Kreaturen, die ich im Schatten des Waldes ausmachen konnte, wären wir auch mit all den Runen nicht weit gekommen. Mie hatte sicherlich einen Plan. Wenn nicht, würden wir zumindest gemeinsam sterben.

Die Holzstadt schien kaum belebt zu sein. Man sah nur vereinzelt Fackeln an den Hütten, die die Dämmerung zu Durchbrechenden schienen. Ob da wohl wirklich Menschen lebten? Wenn ja, würden sie garantiert durch die Finsternis versklavt sein, als Preis für ihr Überleben, so vermutete ich.

Die regierende Hand der Finsternis

Wir waren am Fuße des Portals angelangt, als seine bedrohliche Stimme wie ein Donnergrollen über uns rollte. "Die Finsternis wird euch nun empfangen." Das Tor zur Anderswelt färbte sich in ein tiefes Schwarz, welches selbst die Nacht hell aussehen ließ. Feuerrote Augen blitzten uns aus der Finsternis entgegen. "Ich hatte mehr von dir erwartet, Sprössling." Ihre Stimme ließ die Seelen erzittern. Die Worte galten Mie, doch schien es, als hätte sie schon geahnt, wer da nun vor uns stehen würde. "Und was genau, Mutter?" Sie sprach klar, und ohne einen Funken der Angst. "Ich bin nicht der Dunkelheit verfallen, und werde auch weiterhin das Licht bewahren!"

Ein unnatürlicher Nebel schlich sich über den Boden und im beginnenden Mondlicht, wirkte alles noch bedrohlicher. Die Blicke der beiden trafen sich und die dämonischen Kräfte knisterten unheilvoll in der Luft. Sie würden sich nun bekämpfen und wir konnten nichts tun, als dabei zuzusehen. Mie's Augen glichen der Dunkelheit der Nacht. Ihre übernatürliche Kraft war deutlich zu spüren. Plötzlich erhellten blaue Blitze die Umgebung. Am Rande des Lichtes konnte ich eine geraume Anzahl von Anhängern der Finsternis ausmachen. Sie waren gekommen, um den Kampf zu beobachten, und den Gewinner der daraus hervorging als ihren Anführer anzuerkennen.

Der erste Schlag der Mutter traf Mie unerwartet und brachte sie zum Taumeln, doch der zweite war noch verheerender: Sie wurde regelrecht durch die Luft geschleudert und landete mehrere Meter entfernt. "Wehre dich, Spross'. Oder brauchst du Anreize?" Ein gehässiger Unterton formte ihre Stimme. Nun ging alles ganz schnell. Unsere Schutzbarriere löste sich in glühendem Rot auf, als ein roter Blitz auf sie traf. Mie begriff was geschah und offenbarte ihre wahre Stärke. Ledrige Flügel bohrten sich aus ihrem Rücken und hoben sie Empor.

Mie sammelte alle übernatürliche Kraft die ihr zur Verfügung stand, und ließ einen blendend gleißenden Blitz, mit einer Kombination aus Geschick und Präzision, genau in Richtung der rot glühenden Augen schießen. Roter Dampf entfloh dem Portal. Und dann, als ob die Niederlage die Stille durchbrechen wollte, folgte ein ohrenbetäubender Knall, der die Erde erzittern ließ.

Unheimliche Stille umgab uns, niemand rührte sich. Es war ein atemberaubender Sieg über die Dunkelheit!

Aahschu, ein wenig von uns entfernt loderte eine kleine Flamme auf. Der kleine Dämon vom Fluss war uns anscheinend gefolgt. Es tapste mit seinen winzigen Pranken zu uns... eher gesagt zu Crissy. Sie hüpfte verschreckt ein paar Schritte zurück, doch Ive kniete sich nieder und kraulte ihn im Nacken. "Naew, ich glaube, little Demon' denkt du wärst seine Mutter." Sie grinste ihre Schwester neckisch an. "Pff, ich denke eher, dass das kleine Biest Blut geschmeckt hat... Halt ihn mir bloß vom Hals!" Ganz vorsichtig nahm Ive das kleine Monster hoch: "Hm ich glaube, ich nenne dich 'Sneezle'." Crissy's Augen weiteten sich: "Du willst dieses Scheusal doch wohl nicht behalten, oder?!"

Das Licht der Finsternis

Plötzlich räusperte sich der große Dämon. Mit grollender Stimme rief er melodisch: "Kommt herbei, ihr Diener der Finsternis! Lasst eure Stimmen erklingen und unserer neuen Herrscherin unsere Hingabe und Treue zeigen!" Dann stimmte er einen dunklen Gesang in einer uralten, transzendenten Sprache an, auf welchen die dämonischen Stimmen, in einem unheimlichen Chor verschmolzen, antworteten. Der mächtige Bass ihrer Stimmen durchdrang die Nacht. Und im Takt des Gesangs donnerten die Schattensohlen der abertausenden Dämonen auf den Waldboden, und erzeugen eine bedrohliche Resonanz, die die düstere Atmosphäre verstärkte. Ein Gesang, der die Macht der Dämonen verdeutlichte.

Dann verstummten sie und knieten nieder.

"Wie können wir euch dienen eure Finsterlichkeit?" Der große Dämon hob nur kaum merklich den Kopf. Mie grinste erst nur, doch dann fing sie herzlich an zu lachen: "Wie nennst du mich? 'Eure Finsterlichkeit'? Dein ernst?" Wir pressten unsere Lippen aufeinander, um nicht auch laut loszuprusten. Schließlich waren das immer noch Dämonen, die da in Scharen vor ihr knieten. Mie riss sich zusammen: "Tut mir leid, aber bitte nicht.", immer noch grinsend fuhr sie fort: "Nennt mich einfach nur Mie, okay? Aber warum wollt ihr mir dienen?" Ihr grinsen wich einer ernsten Miene. Ein großer, fast komplett schwarzer Dämon erhob sich aus der Menge und kam auf uns zu. Sein markantes Gesicht fixierte Mie: "Ich wusste, du bist etwas Besonderes." Mie kniff ihre Augen leicht zusammen: "Marak?"

"Jawohl", auch er kniete nieder und sprach dann weiter: "Deine Mutter war also die Finsternis persönlich... Du hast es gespürt, als du die Barriere berührtest, oder?" Sie ging auf ihn zu: "Ja, ich denke schon. Habe ich sie getötet?" In ihrer Stimme lag ein unnatürliches Zittern. Ich vermutete, auch für jemanden dem Gefühlslosigkeit antrainiert wurde, war es traumatisierend die eigene Mutter zu töten. "Ich weiß es nicht mein Kind, aber gewonnen hast du. Und damit werden wir alle deinem Wort folgen." Marak atmete sehr flach, seine tiefe Stimme hallte noch ein wenig nach. "Was hast du nun vor, hast du einen Plan für den König?"

"Ja ..., doch dafür brauche ich eure Hilfe. Erst aber benötige ich noch ein wenig Zeit, um meinen Plan ausreifen zu lassen. Geht bitte durch das Portal zurück und lasst die Menschen in Ruhe, ich werde euch rufen." Die Anhänger der Finsternis taten wie ihnen befohlen wurde. Die Masse der Dämonen traten ihren Rückweg durch das Portal an. Nachdem Mie die Verbindung zwischen dem Portal und der Barriere unterbrochen hatte, setzten wir uns alle gemeinsam etwas abseits des geschehen und beobachteten. Der Mond schien hell und der Himmel war sternenklar. Eine ruhige Nacht ohne Sturm.

Die ersten Bewohner der Holzstadt wagten sich näher an das Geschehen heran und ihr Anblick war erschreckend - verängstigt und abgemagert. Sie schienen kaum zu glauben, was sich hier vor aller Augen abgespielt hatte.

Die traurige Vergangenheit

Crissy und Ive standen auf und sahen suchend in die Gruppe der Bewohner der Holzstadt. Nach einigen unsicheren Momenten erblickte Ive ihre Mutter. "Mama! Hier sind wir!", rief sie aufgeregt und lief zu der Frau, die nur noch entfernt an die erinnerte, die wir einst kannten. Crissy folgte ihr sogleich und beide umarmten ihre Mutter in einem Moment der Glückseligkeit. "Es ist traurig, was sie in den letzten Jahren durchgemacht haben müssen. Schau sie dir nur an", sagte ich und griff nach Mie's Hand. "Das stimmt, aber von nun an wird alles besser werden. Du wirst sehen." Mie drückte mich fest an sich und ich atmete ihren beruhigenden Geruch ein. Als ich mich aus der Umarmung löste, sah ich nahe dem Portal einen riesigen zweiköpfigen Höllenhund stehen. "Ähm, da..., da steht was. Kannst du dem bitte sagen, dass es gehen soll? Das ist dezent gruselig."

Marak trat auf uns zu: "Mie, bitte komm kurz mit, ich möchte dir jemanden vorstellen." Jetzt drehte sie sich um und wisch erst einmal einen

Schritt zurück: "Marak, was soll das? Ich mag keine Hunde. Du weißt das." Er hob entschuldigend die Hände: "Tut mir leid, ich weiß. Das ist Biceps, er will und kann nicht gehen. Er ist Hüter des Eingangs zur Unterwelt, er würde seinen Job gerne wieder antreten. Unter der anderen Finsternis war ihm die Aufgabe verwehrt."

"Sneezle!", Marak sah uns an als hätten wir den Verstand verloren. Sneezle's winziges Köpfchen steckte in meinen Rucksack. "Sneezle? Riecht der etwa nach Crissy?" , ich konnte mir ein Grinsen nicht verkneifen. "Marak, ich möchte dir auch jemanden vorstellen. Das ist Sneezle, er hat Crissy vergiftet und dachte wohl kurzzeitig sie wäre seine Mutter." Nun musste auch Marak lachen. "Biceps darf seine Aufgabe wahrnehmen, aber ihr anderen sucht bitte nach meiner Mutter. Wenn ihr sie findet, sperrt sie sicher weg. Ich kümmere mich dann um den Rest."

So trat auch Marak den Rückweg durch das Portal an. Wir liefen mit Sneezle im Schlepptau zu den anderen. Als sie uns erblickten, lächelte die Mutter der beiden mich an: "Schön dich zu sehen Nikita. Deinem Vater geht es gut, er ist bei uns Zuhause. Papa kümmert sich um ihn."

Sie umarmte mich fest. Glücklich, dass es Papa gut ging, atmete ich erleichtert auf. Sneezle stand plötzlich neben Crissy. Mit einem zarten Rums, stupste er sein Köpfchen gegen Crissy's Fuß. Sie erschrak und sprang einen Schritt zurück. "Der ist ja immer noch hier." Grinsend hob Ive ihn auf und brachte ihn näher zu ihrer Schwester. Plötzlich beschwor Sneezle eine Handvoll von Crissy's Lieblingsbeeren herauf die genau in ihre Hände fielen. Diesem liebevollen Angebot konnte sie nicht widerstehen: "Okay,... du hast gewonnen. Du bist süß. Aber nicht nochmal beißen!" Sie hob grinsend und drohend ihren Finger.

Der Zugang zur Anderswelt verschloss sich, langsam in einem staubigen grauen Wirbel. Bevor der Wirbel ganz verschwand, schoss ein dünner schwarzer Sandspeer heraus. Genau auf uns zu.

~Fortsetzung folgt~

K.YUKI

Von der Tischlerin zur Hobbyautorin.
Kim ist 1998 geboren und kommt aus Würselen. Sie ist gelernte Tischlerin und hat ein Auge für die kleinen Dinge im Leben.
"Viele aneinander gereihte Entscheidungen, führen oftmals zu Ergebnissen die man nicht vorhersehen kann. Doch auch mit diesen Ergebnissen lässt sich arbeiten, wenn man nur ein wenig Fantasie und Selbstvertrauen hat."

Loved this book?
Why not write your own at story.one?

Let's go!

FSC
www.fsc.org
MIX
Papier | Fördert
gute Waldnutzung
FSC® C083411